Das Buch

»Ähnlich dem Gedichteschreiben ist das die Schreibarbeit begleitende Zeichnen ein Innehalten und Inne-Werden... seine grafische Kunst ist konkret wie sein Blick für Wirklichkeit.« (Heinz Ludwig Arnold)
Daß bei Günter Grass, wie er sagt, »so oft am Anfang eines Gedichts die Zeichnung steht... oder umgekehrt«, läßt sich in diesem Band eindrücklich nachvollziehen. Gezeichnete und geschriebene Metaphern geben einander wechselseitig Impulse.
Dieser lyrisch-lithographische Zyklus verdichtet Themen des Romans ›Der Butt‹: die Schwierigkeiten, die mit dem neuen Männer- und Frauenbild zusammenhängen, die Krisen der Liebe und gleichzeitige Sehnsucht nach Geborgenheit sowie Grass' Selbstverständnis als Schriftsteller.

Der Autor

Günter Grass wurde am 16. Oktober 1927 in Danzig geboren, absolvierte nach der Entlassung aus amerikanischer Kriegsgefangenschaft eine Steinmetzlehre, studierte Grafik und Bildhauerei in Düsseldorf und Berlin. 1956 erschien der erste Gedichtband mit Grafiken, 1959 der erste Roman: ›Die Blechtrommel‹. Seit 1960 lebt Grass in Berlin.

studio dtv

Günter Grass:
Mit Sophie in die Pilze gegangen
Gedichte und Lithographien

Mit einem Nachwort von Volker Neuhaus

Deutscher
Taschenbuch
Verlag

dtv

Erstdruck: April 1976 bei Giorgio Upiglio
Editore, Milano (99 numerierte und
signierte Exemplare).
Erstauflage Steidl Verlag, Göttingen: Juni 1987.

September 1995
Deutscher Taschenbuch Verlag GmbH & Co. KG,
München
© 1992 Steidl Verlag, Göttingen
© für das Autorenfoto: Gerhard Steidl
Umschlaggestaltung: Christoph Krämer
Umschlaggrafik: Günter Grass
Satz, Lithographie, Druck: Steidl, Göttingen
Printed in Germany · ISBN 3-423-19035-3

Mit Sophie in die Pilze gegangen

Mit Sophie in die Pilze gegangen

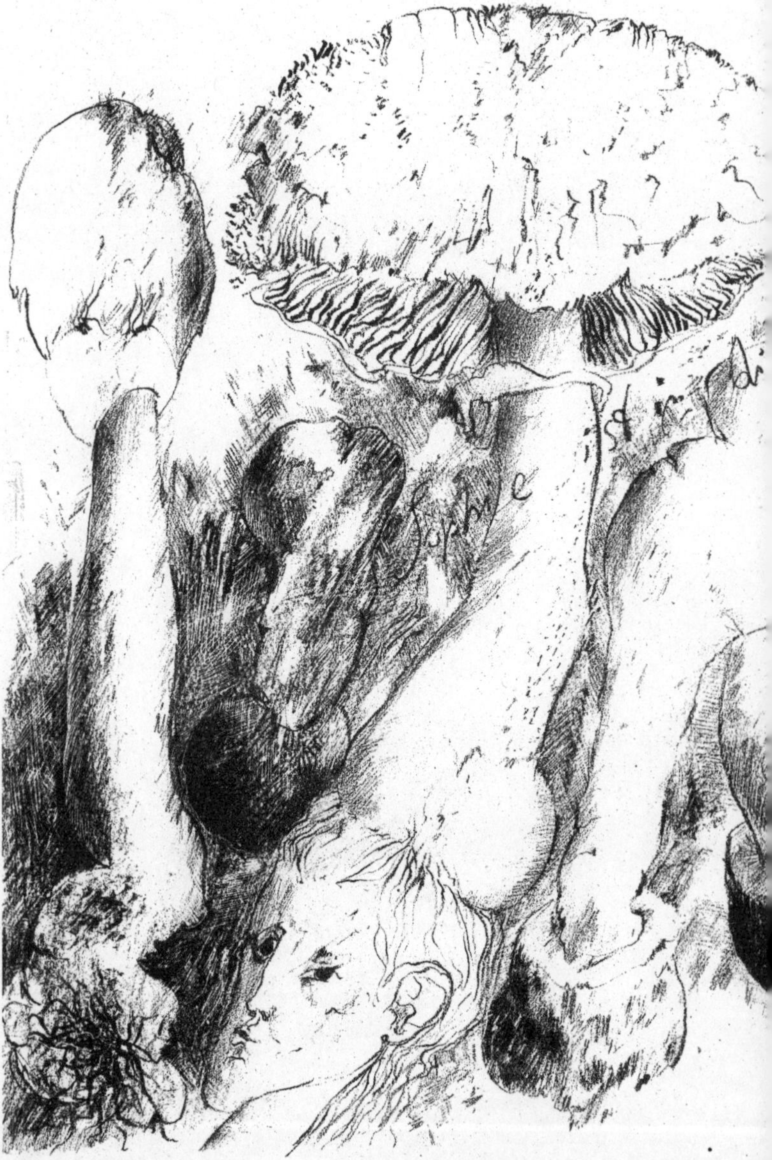

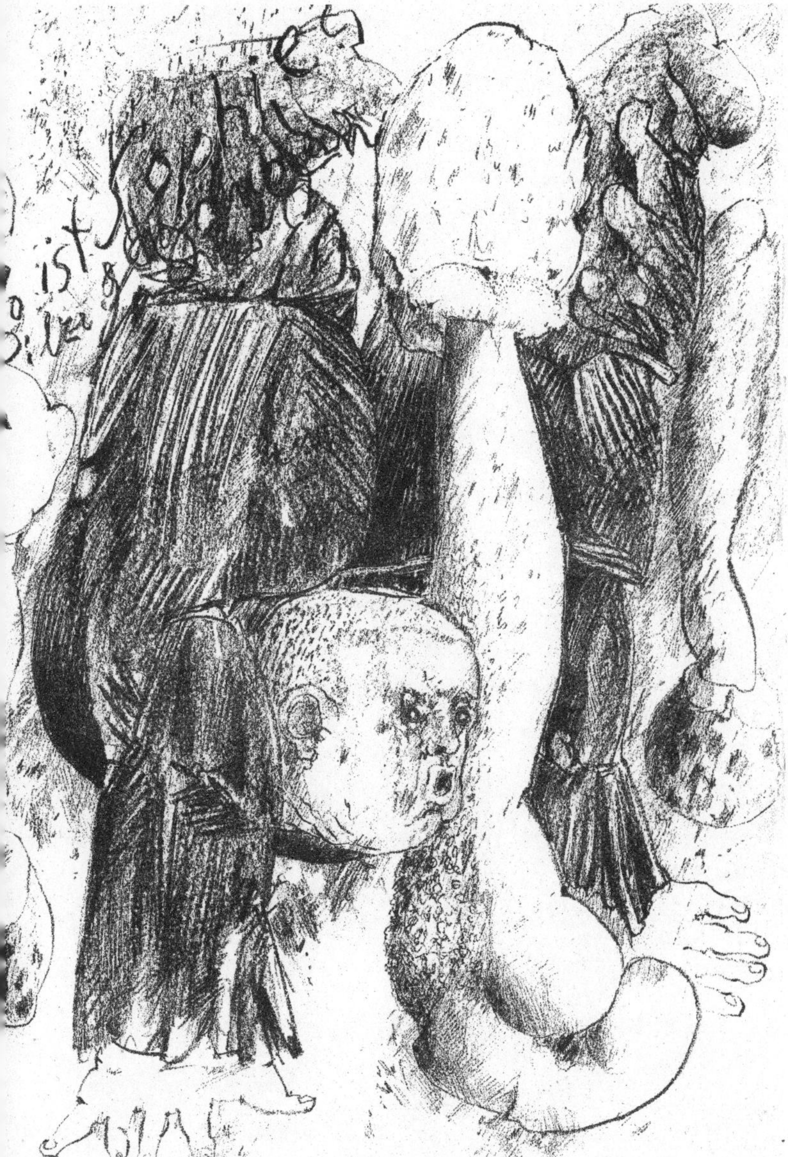

Zum Fürchten

Im Wald laut rufen.
Die Pilze und Märchen
holen uns ein.

Jede Knolle treibt jüngeren Schrecken.
Noch unter eigenem Hut,
doch die Angsttrichter rings
sind schon gestrichen voll.

Immer war schon wer da.
Zerstörtes Bett – bin ich es gewesen?
Nichts ließ mein Vorgänger stehn.

Wir unterscheiden: schmackhafte
ungenießbare giftige Pilze.
Viele Pilzkenner sterben früh
und hinterlassen gesammelt Notizen.

Reizker, Morchel, Totentrompete.

Mit Sophie gingen wir in die Pilze.
Das war, als Napoleon nach Rußland zog.
Ich verlor meine Brille
und nahm den Daumen;
sie fand und fand.

Zum Fürchten.

Im Wald lauschen.
Die Pilze auf horchen.
Hoben uns eigen.
Jede Knolle treibt eigene Schatten.
Noch unter eigenem Hut.
Doch die Astsstricke rings
sind schon geknüpft...

Immer war schon morgen.
Zerstörtes Bett —
bin ich gewesen
hinter sich mein Vorgestern stehn.

Wir unterscheiden schon Knabe
aus gnießbare giftige Pilze
Viele Pilzkenner stußen doch
und hinterlassen gesammelte Notizen.

Reitzger, Morchel, Totentrompete.

Mit Sophie gingen wir in die Pilze.
Das war, als Napoleon nach Rußland zog.
Ich verlor meine Brille
und nahm den Däumling;
Sie Hand und Hand!

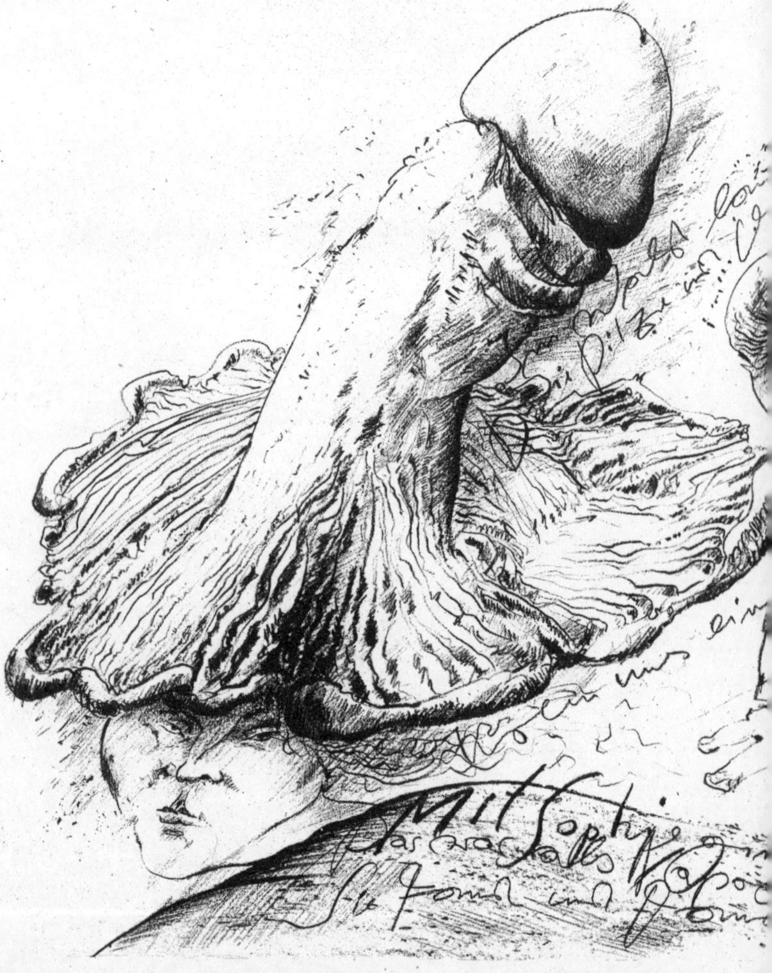
Mit Sophie

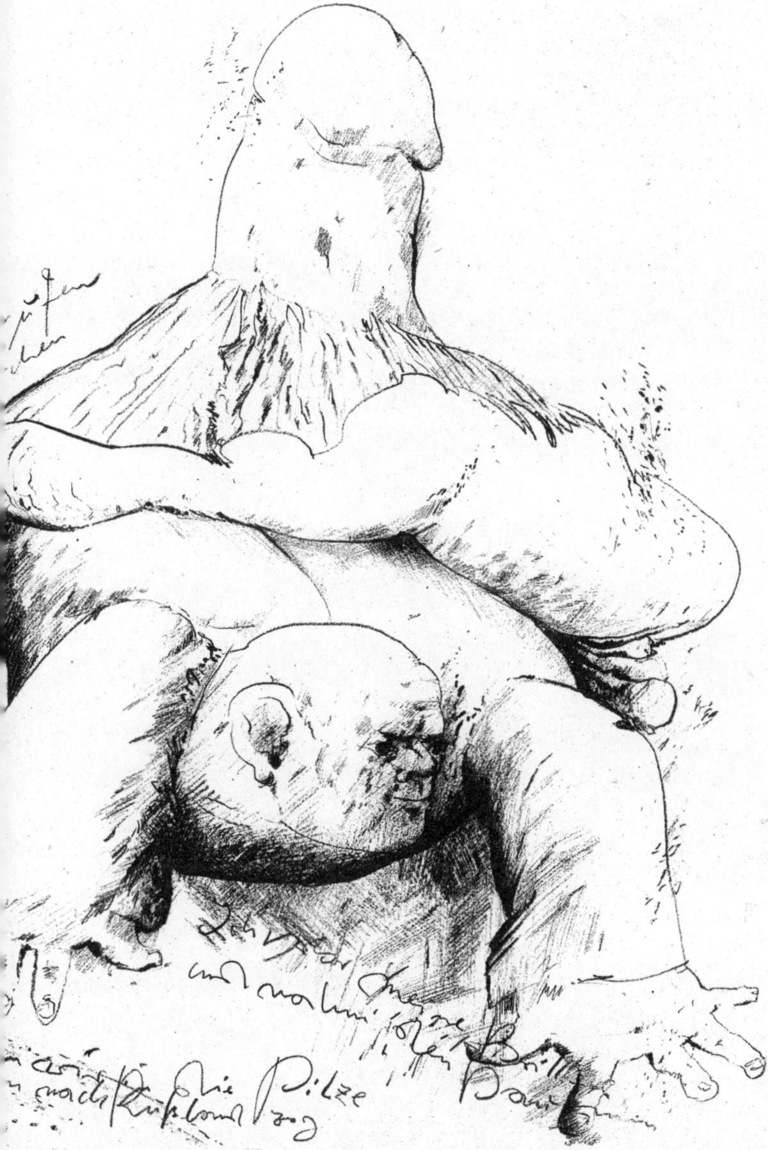
die Pilze

Federn blasen

Federn blasen

Das war im Mai, als Willy zurücktrat.
Ich hatte mit Möwenfedern den sechsten tagsüber
mich gezeichnet: ältlich schon und gebraucht,
doch immer noch Federn blasend,
wie ich als Junge (zur Luftschiffzeit)
und auch zuvor,
soweit ich mich denke (vorchristlich steinzeitlich)
Federn, drei vier zugleich,
den Flaum, Wünsche, das Glück
liegend laufend geblasen
und in Schwebe (ein Menschenalter) gehalten habe.

Willy auch.
Sein bestaunt langer Atem.
Woher er ihn holte.
Seit dem Lübecker Pausenhof.
Meine Federn – einige waren seine – ermatten.
Zufällig liegen sie, wie gewöhnlich.

Draußen, ich weiß, bläht die Macht ihre Backen;
doch keine Feder,
kein Traum wird ihr tanzen.

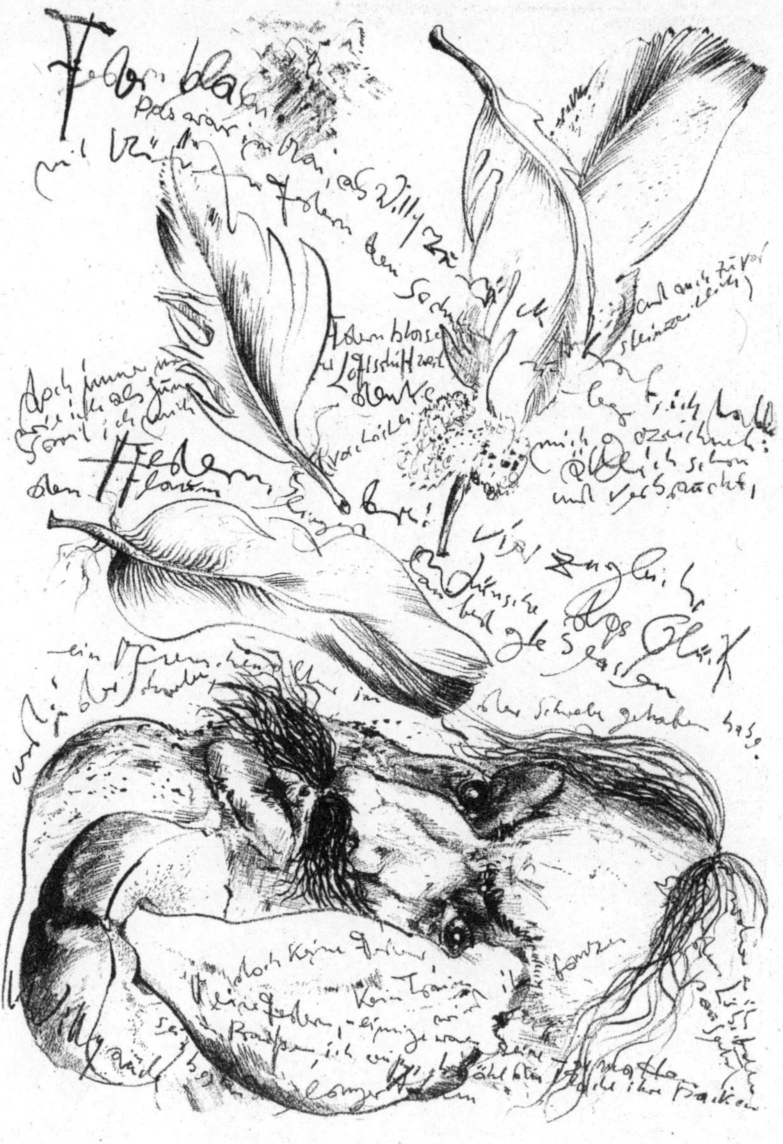
Federn blasen
viel zugleich

Arbeit geteilt

Wir – das sind Rollen.
Ich und du walten, du die Suppe schön warm –
ich oben Flaschenzug und Kühli.

Irgendwann, länger vor Karl dem Großen,
als ich mich mit dir kreuzte,
irgendwann bin ich mit dir fortgesetzt heut.
Du bist – ich werde.
Dein kleines B fehlt mir noch immer – ich brauche schon wieder.
Dein kleiner Bezirk gesichert – meine ganz große Sache gewagt.
Sorg du für Fried ums Haus – ich will mich auswärts streiten.

Arbeit geteilt.
Halt mal die Leiter, während ich steige.
Dein Klemmen hilft's nicht.
Bestelle ich lieber den Sekt kalt.
Du mußt mir Kinkhalten, wenn ich dir von hinten weis.

O, du tapfere kleine Physische,
auf die ich mich voll ganz verlassen kann,
auf die ich eigentlich stolz sein möchte,
die mit paar praktischen Griffen
alles wieder heilheil macht,

die ich anbete – am Seile
während Sie für mich einkaufen schallt,
ganz andere,
fremd,
anders als
Daß ich dir   herzstreicht
                              noch einer gehn?

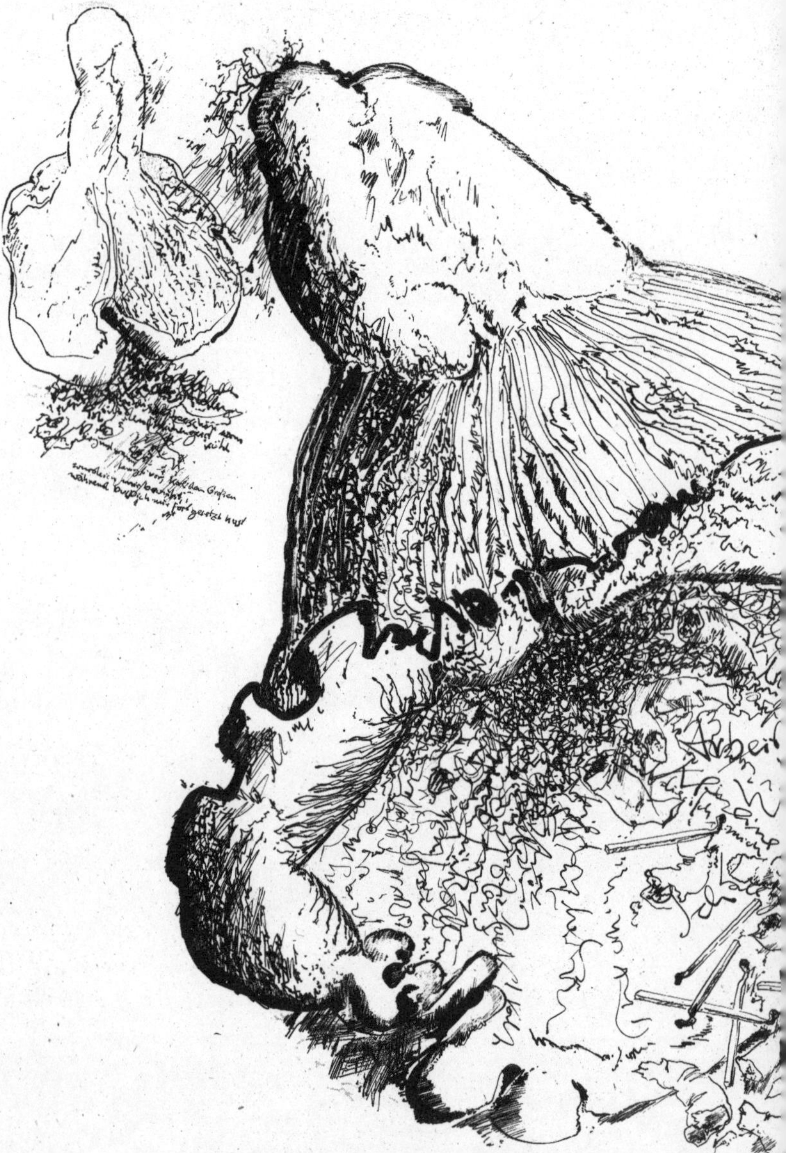

Arbeit geteilt

Wir – das sind Rollen.
Ich und du halten, du die Suppe schön warm –
ich den Flaschengeist kühl.

Irgendwann, lange vor Karl dem Großen,
wurde ich mir bewußt,
während du dich nur fortgesetzt hast.
Du bist – ich werde.
Dir fehlt noch immer – ich brauche schon wieder.
Dein kleiner Bezirk gesichert –
meine ganz große Sache gewagt.
Sorg du für Frieden zuhaus –
ich will mich auswärts beeilen.

Arbeit geteilt.
Halt mal die Leiter, während ich steige.
Dein Flennen hilft nichts,
da stelle ich lieber den Sekt kalt.
Du mußt nur hinhalten, wenn ich dir von hinten rein.

Meine kleine tapfere Muschi,
auf die ich mich voll ganz verlassen kann,
auf die ich eigentlich stolz sein möchte,
die mit paar praktischen Griffen
alles wieder heilheil macht,
die ich anbete anbete,
während sie innerlich umschult,
ganz anders fremd anders und sich bewußt wird.

Darf ich dir immer noch Feuer geben?

Was Vater sah

An einem Freitag wie heute,
zwischen den Spielen der Zwischenrunde –
Chile schon draußen, Polen liegt vorn –
kam nach Ultraschall und genauem Schnitt
durch Haut, Fettmantel, Muskelgewebe
und Bauchfell,
nach zarter Öffnung der nun
griffig im klaffenden Leib nackten Gebärmutter,
ärschlings und zeigte ihr Semmelchen –
während entfernt Geschichte: die Privilegien
der Lübecker Stadtfischer, welche seit 1188
durch Barbarossa verbrieft sind,
auch von der DDR endlich anerkannt wurden –
endlich durch Zugriff Helene zur Welt.

Geboren – Halleluja – aus Steißlage willentlich.
Ach Mädchen, bald blühen die Wicken.
Hinterm Sandkasten wartet auf dich Holunder.
Noch gibt es Störche.
Und deine Mutter heilt wieder,
klafft nicht mehr,
ist bald wieder zu, wieder glatt.
Verzeih uns deine Geburt.
Wir zeugten – es war Oktober –
nachdem wir Brechbohnen grün,
drauf Birnen gedünstet
zu fettem Hammel von Tellern gegessen hatten.

Ich übersah den Knoten
in deiner Nabelschnur nicht.
Was, Helene, soll nie vergessen werden?

Was Vater
sah
An einem Freitag
wie heute,

zwischen den Spielenden Zwischenräumen
(Chile schon draußen, Polen liegt vorn)
kam nach Ultraschall
und genau zur Schnitt-
stunde
durch
Haut,
Fettmantel,
Muskelgewebe und
Bauchfell,
Öffnung, die man
im klaffenden Leib
entdeckten Gebärmutter,
üerschlings
und Bezüglich Semmelchen

—während anhand Geschichte:
die Privilegien
der Lübecker Stadtkinder,
welche seit 1188
durch Barbarossa verbrieft sind,
auch von der DDR
anerkannt würden—

endlich
durch Zugriff
Helene
zur Welt

Erwartet mich ich vergesse nehr?
Soll ich dir deinen Nabelschnur nicht.
Halleluja —
aus Steißlage brüllend:
Ach Glöckchen, bald blühen die Wicken,
in dem Sandkasten quakt's auf Glück Hallunkler.
Noch gibt es Störche.

Und deine Mutter heißt mich
Klapp mich nieder,
ist bald so alles Zeit, wispert Gott.
Verzeih mir deine Geburt.
Wir zeugten - es war Oktober -
nach Art der Brechbohnen grün,
drauf Bienen zu dem Zeitel
zu Häuf im Himmel
von Teller gegessen hatten.

Ich o' Sarah du
was Helene,

Helene Migräne

    Sitzt im gespaltenen Baum,
ist wetterfühlig über gezupften,
mit der Pinzette gezupften Brauen.
Schlägt es um, kommt ein Hoch, wird es schön,
reißt ihr die Seide den Faden lang.
Alle fürchten den Umschlag,
huschen auf Strümpfen, verhängen das Licht.
Es soll ein verklemmter Nerv sein:
hier oder hier oder hier.
Man sagt, es lege sich innen,
noch tiefer innen was quer.
Ein Leiden, das mit der letzten Eiszeit begann,
als sich Natur noch einmal verschob.
(Auch soll die Jungfrau,
als ihr der Engel klirrend zu nah kam,
danach ihre Schläfen
mit Fingerspitzen punktiert haben.)
Seitdem verdienen die Ärzte.
Seitdem übt Glaube sich autogen ein.
Der Schrei, den alle gehört haben wollen;
selbst Greise erinnern Entsetzen:
als Mutter im Dunkeln stumm lag.
Schmerz, den nur kennt, wer ihn hat.

    Schon wieder droht,
stößt Tasse auf Teller zu laut,
stirbt eine Fliege,
stehen frierend die Gläser zu eng,
schrillt der paradiesische Vogel.
»Helene Migräne« singen vorm Fenster die Kinder.
Wir – ohne Begriff – härmen uns aus Distanz.
Sie aber, hinter Rolläden,
hat ihre Peinkammer bezogen,
hängt am sirrenden Zwirn und wird immer schöner.

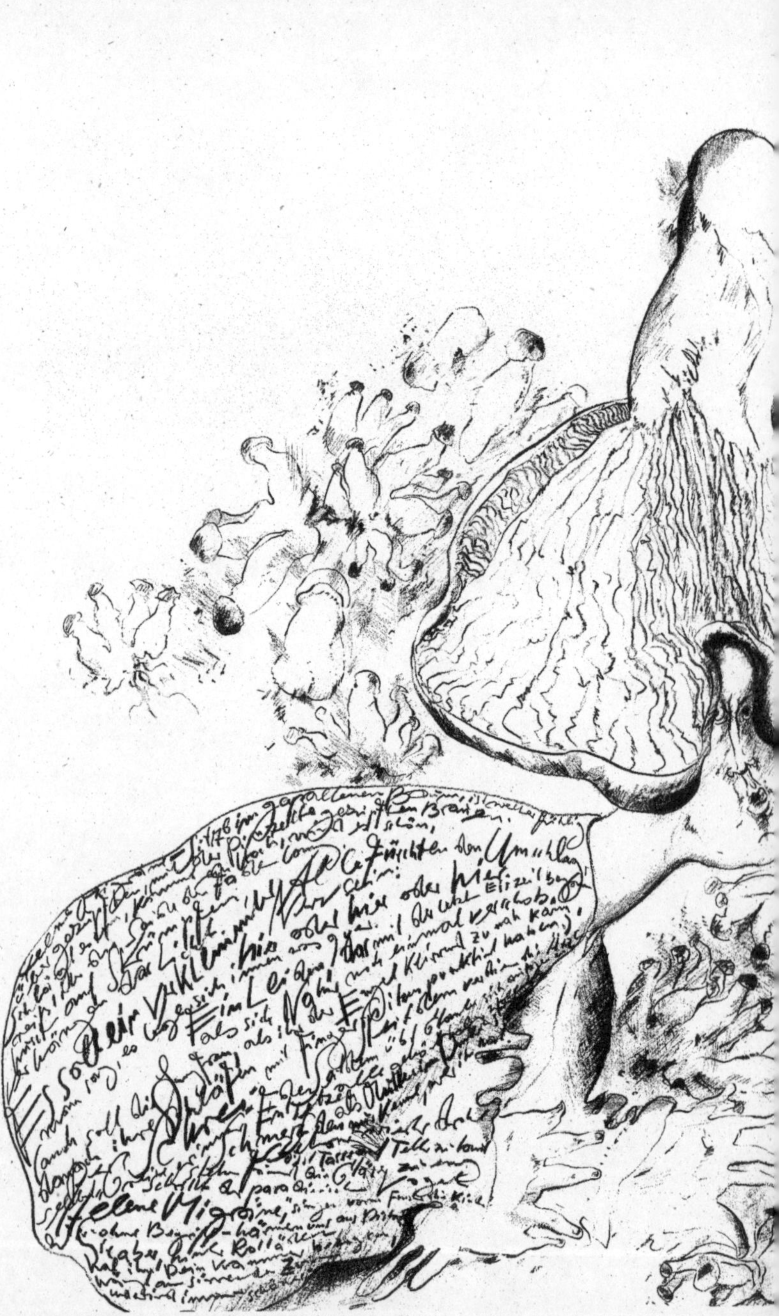

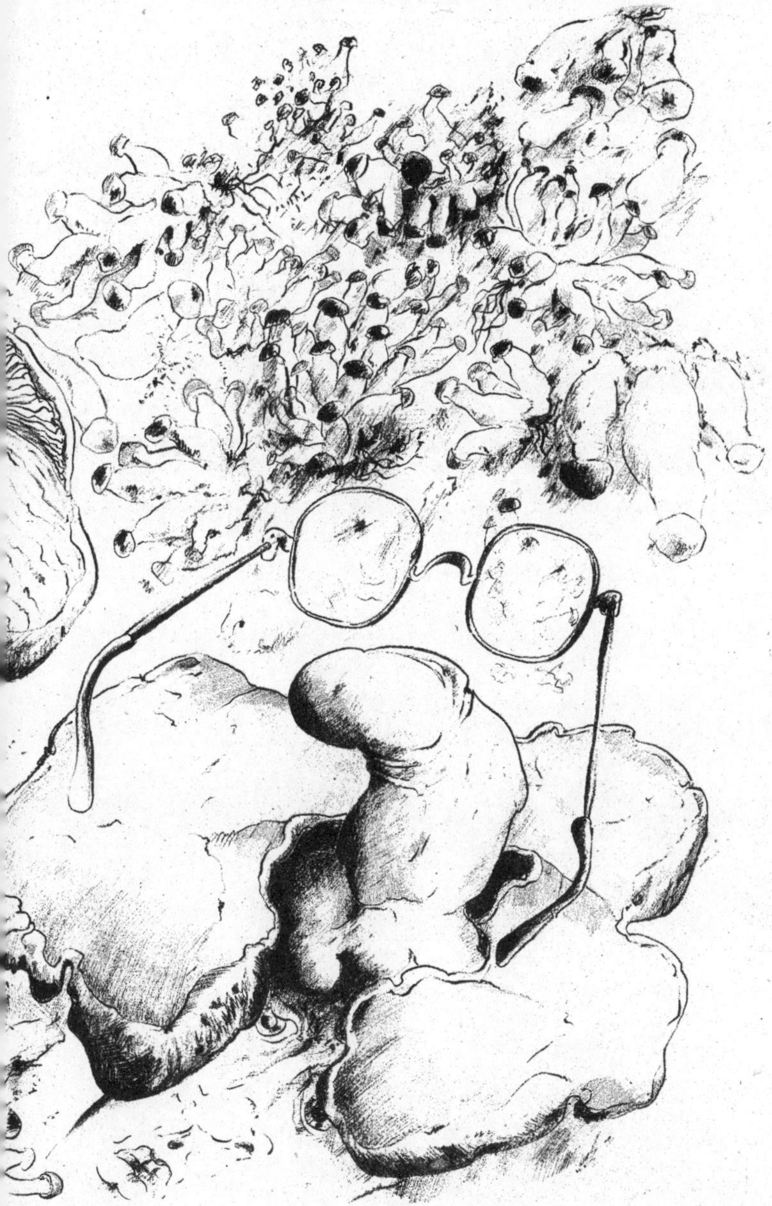

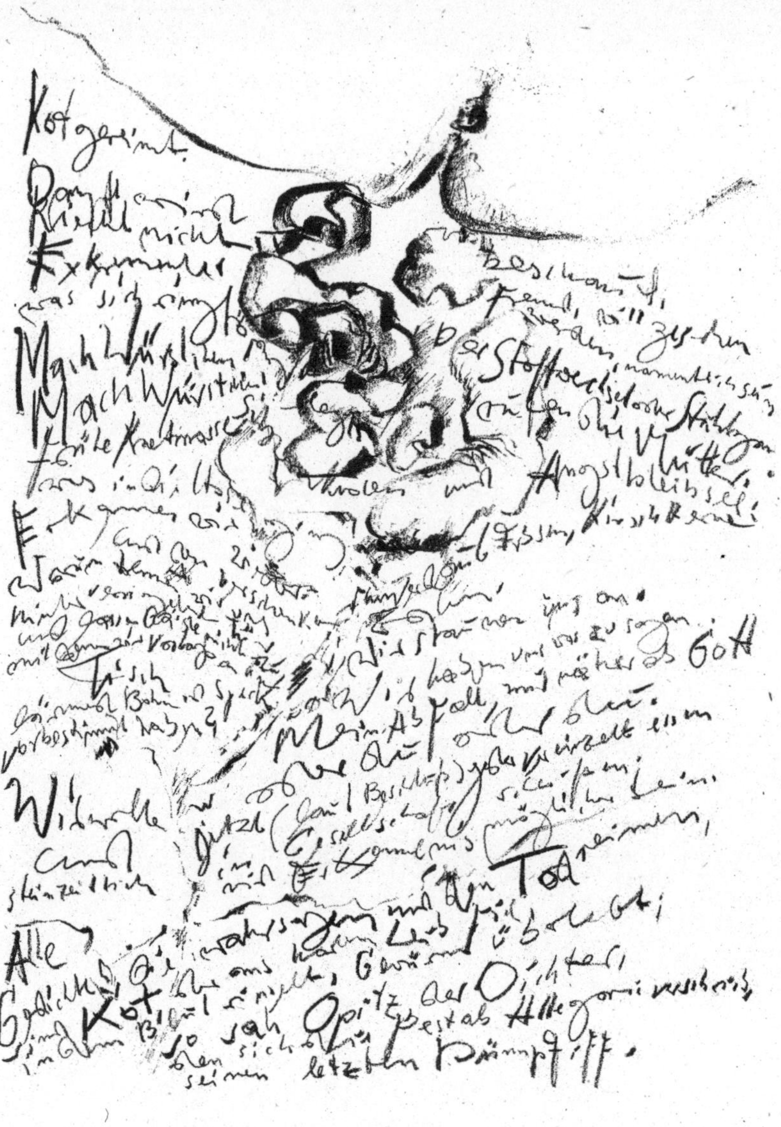
Kot gereimt.
Exkremente
Stoffwechsel
Angstbleibsel
Gott
Mein Abfall
Widerwille
Tod
Alle Gedichte
Kot
so sah Opitz der Dichter

Kot gereimt

Dampft, wird beschaut.
Riecht nicht fremd, will gesehen werden,
namentlich sein.
Exkremente. Der Stoffwechsel oder Stuhlgang.
Die Kacke: was sich ringförmig legt.

Mach Würstchen! Mach Würstchen!
rufen die Mütter.
Frühe Knetmasse, Schamknoten
und Angstbleibsel: was in die Hose ging.

Erkennen wir wieder:
unverdaut Erbsen, Kirschkerne
und den verschluckten Zahn.
Wir staunen uns an.
Wir haben uns was zu sagen.
Mein Abfall, mir näher als Gott oder du oder du.

Warum trennen wir uns hinter verriegelter Tür
und lassen Gäste nicht zu,
mit denen wir vortags an einem Tisch lärmend
Bohnen und Speck vorbestimmt haben?

Wir wollen jetzt (laut Beschluß)
jeder vereinzelt essen
und in Gesellschaft scheißen;
steinzeitlich wird Erkenntnis möglicher sein.

Alle Gedichte, die wahrsagen
und den Tod reimen,
sind Kot, der aus hartem Leib fiel,
in dem Blut rinselt, Gewürm überlebt;
so sah Opitz, der Dichter,
den sich die Pest als Allegorie verschrieb,
seinen letzten Dünnpfiff.

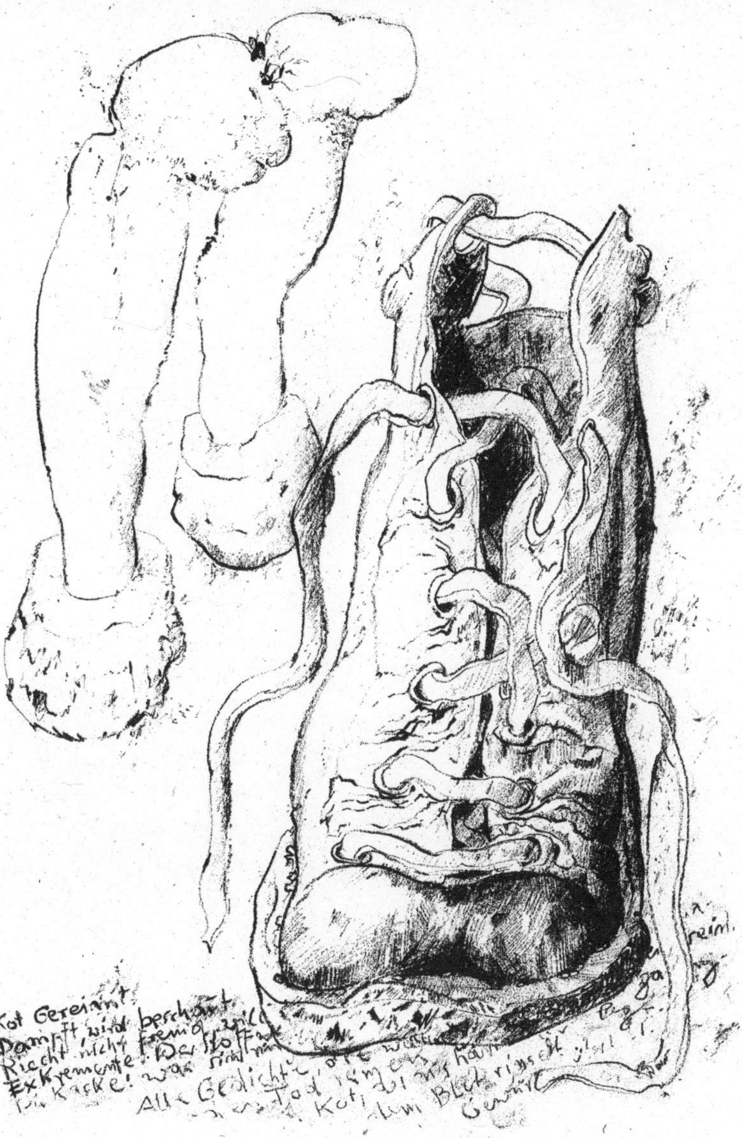

Kot Gereimt!
Dampft, wird beschaut.
Riecht nicht fremd
Exkremente! Der Stoff
Kacke! was
Alle Gedichte
Tod
Kot
dem Blick

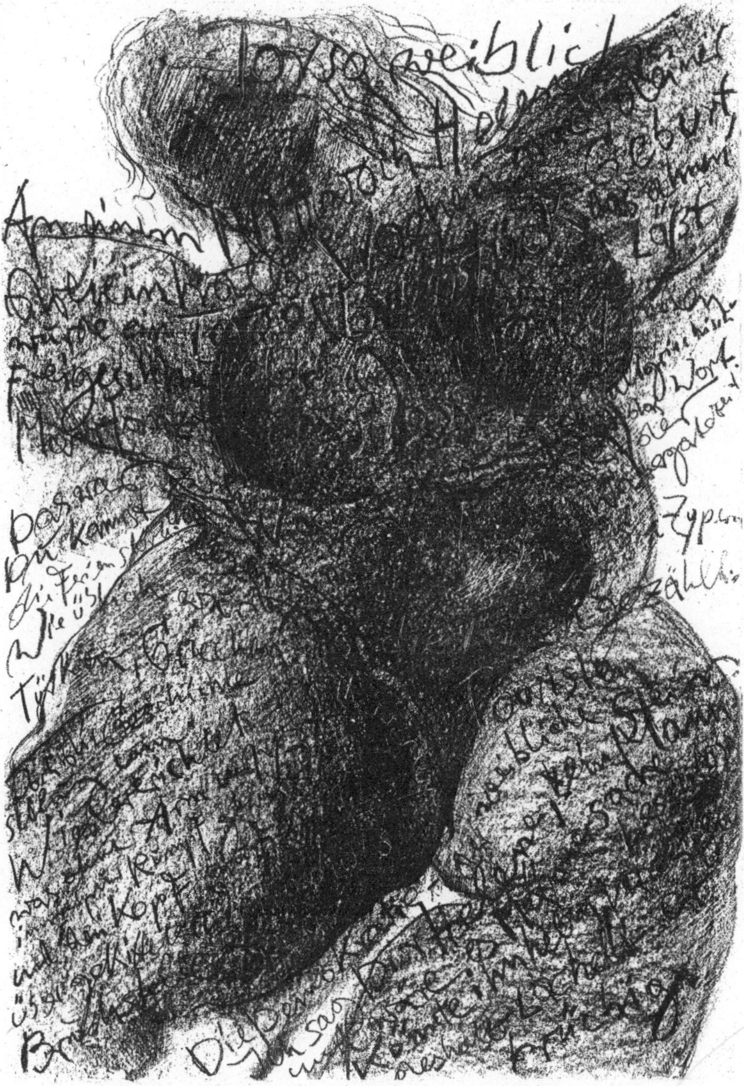
Torso weiblich

Torso weiblich

An einem Mittwoch, Helene,
dreieinhalb Wochen nach deiner Geburt,
wurde ein Torso (Bruchstück, das ahnen läßt)
freigeschaufelt und schön befunden.
Man tanzte auf Straßen, rief altgriechisch das Wort.

Das war zwei Wochen vor Ende der Watergatezeit.
Du kannst das lesen später,
wer auf der Insel Zypern
die Ferien störte.
Wie üblich wurden die Toten gezählt:
Türken Griechen Touristen.

Doch die Geschichte schlug um.
Wiedererrichtet soll werden,
was ohne Arm und Bein
immer nur Rumpf gewesen
und den Kopf auf dem Wendehals
über gekitteter Bruchstelle trägt.

Die Demokratie – der weibliche Stein.
Ich sag dir, Helene, kein Mann –
und wäre es Männersache, beschlossen –
könnte ihn heben, verwerfen;

deshalb lächelt er brüchig.

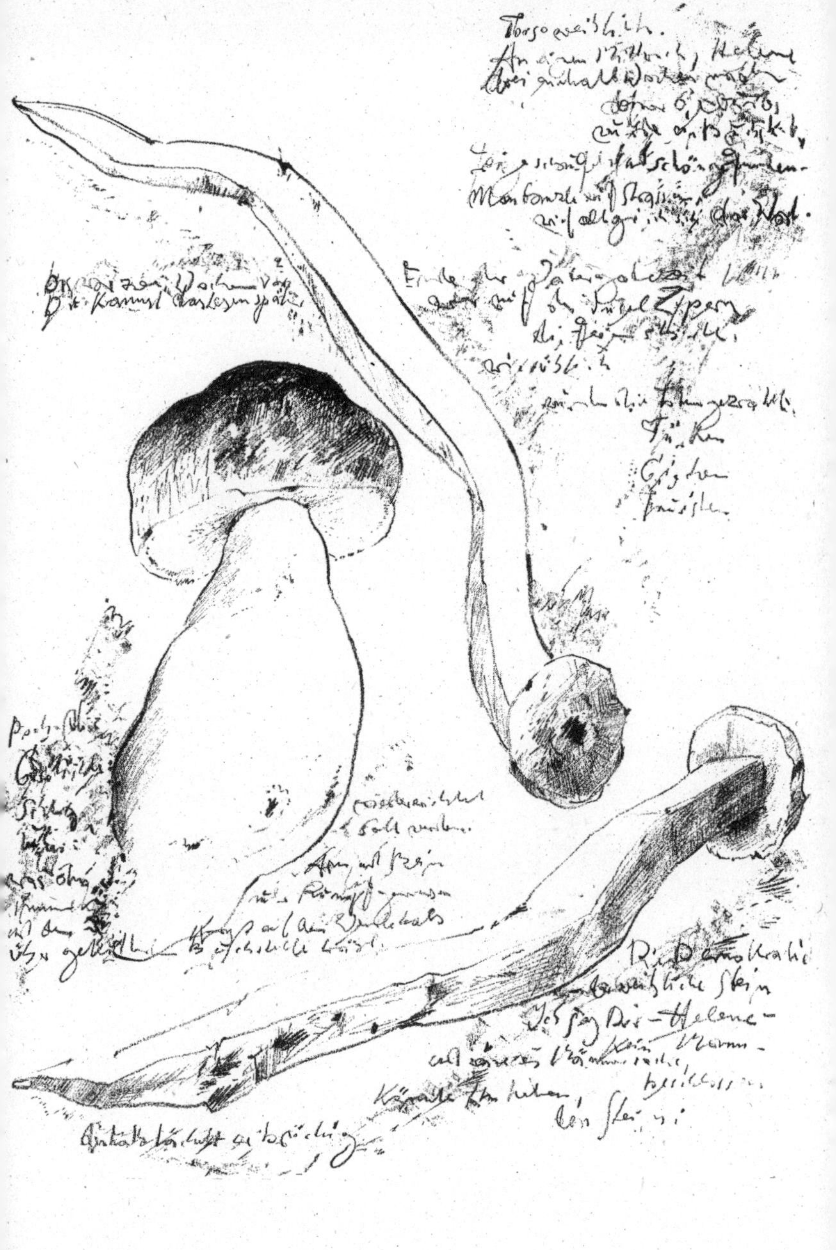

Gestillt

Klare Fleischbrühe
läßt sich lieblich einschlicht
oder sind aus Dampfknödel
trüb gekocht,
bis Fischkonserven
bleich und bleh.

Die Brüste meiner Mutter
waren groß und weiß.
Mich schmarotzen
Komplexen Lochens, und
Nichternst-quengeln, wenn sie versagt
Männerzähnchen nicht.
Männer schielen heimwärts,
die Straße auf den Bauchfriedhof,
sperren. Bevor sie
Männer träumen, die bitte Daß Flasche Nickel nicht
Männer an den dem Säuger werden sollte.
und immer Säuglingen Unsere pärligen Brust Kinder versorgen
fehlerhaften. die uns steinsüchtig in Paris an
                              schummeln sie zwischen Tee mit ein
                              am Ziegelstein
                              Geliebtes.

Abrichtern sollten alle Männer
öffentlich auf Klagen mittels gesäugt werden
bis sie ohne Wüstelei, Saft Silber
auch nichts mehr weinen sind
auf dem Klo weinen müssen: allein.

Gestillt

Die Brust meiner Mutter war groß und weiß.
Den Zitzen anliegen.
Schmarotzen, bevor sie Flasche und Nuckel wird.
Mit Stottern, Komplexen drohen,
wenn sie versagt werden sollte.
Nicht nur quengeln.

Klare Fleischbrühe läßt die Milch einschießen
oder Sud aus Dorschköpfen trüb gekocht,
bis Fischaugen blind und ledig.

Männer nähren nicht.
Männer schielen heimwärts,
wenn Kühe mit schwerem Euter
die Straße und den Berufsverkehr sperren.
Männer träumen die dritte Brust.
Männer neiden dem Säugling
und immer fehlt ihnen.

Unsere bärtigen Brustkinder,
die uns steuerpflichtig versorgen,
schmatzen in Pausen zwischen Terminen,
an Zigaretten gelehnt.

Ab vierzig sollten alle Männer
wieder gesäugt werden:
öffentlich und gegen Gebühr,
bis sie ohne Wunsch satt sind
und nicht mehr weinen, auf dem Klo
weinen müssen: allein.

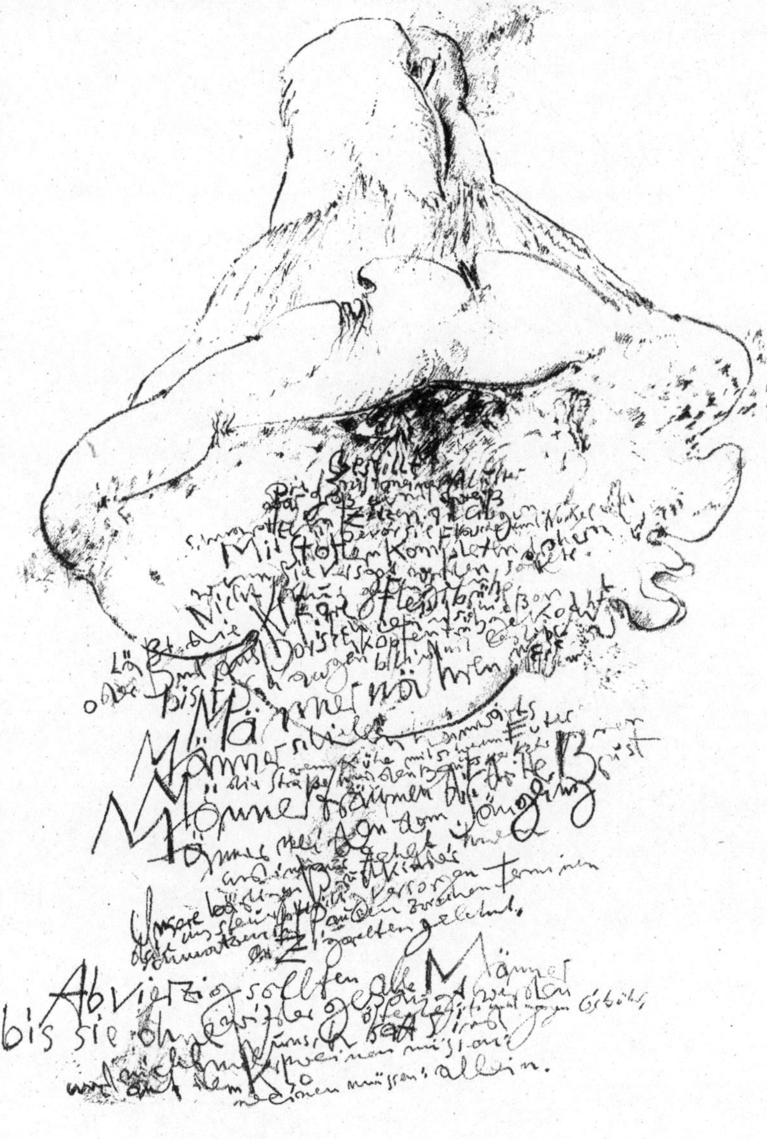
Männer
Ab vierzig sollten alle Männer
bis sie ohne
allein.

Mannomann

    Hör schon auf.
Machen Punkt.
Du bist doch fertig, Mann, und nur noch läufig.
Sag nochmal: Wird gemacht.
Drück nochmal Knöpfchen
und laß sie tanzen die Puppen.
Zeig nochmal deinen Willen und seine Brüche.
Hau nochmal auf den Tisch, sag: Das ist meiner.
Zähl nochmal auf, wie oft du und wessen.
Sei nochmal hart, damit es sich einprägt.
Beweise dir noch einmal deine große, bewiesene,
deine allumfassende Fürundfürsorge.
Mannomann.
Da stehst du nun da und im Anzug da.
Männer weinen nicht, Mann.
Deine Träume, die typisch männlich waren,
sind alle gefilmt.
Deine Siege datiert und in Reihe gebracht.
Dein Fortschritt eingeholt und vermessen.
Deine Trauer und ihre Darsteller
ermüden den Spielplan.
Zu oft variiert deine Witze; Sender Eriwan schweigt.
Leistungsstark (immer noch)
hebt deine Macht sich auf.
Mannomann.
Sag nochmal ich. Denk nochmal scharf.
Blick nochmal durch.
Hab nochmal recht. Schweig nochmal tief.
Steh oder fall noch ein einziges Mal.

    Du mußt nicht aufräumen, Mann; laß alles liegen.
Du bist nach deinen Gesetzen verbraucht,
entlassen aus deiner Geschichte.
Und nur das Streichelkind in dir
darf noch ein Weilchen mit Bauklötzen spielen. –
Was, Mannomann, wird deine Frau dazu sagen?

Mannomann

Hösschen auf, Mann,
Du bist doch fertig,
Sag nochmal:
Blick nochmal,
Zeig nochmal die...
Hau nochmal auf den Tisch,
Zünd'l nochmal auf,
Sei nochmal hart,
Beweise dir noch einmal
deine alltägliche Passmäßigkeit.

Mädchen Punkt.
und nur noch lausig.
Wird gemacht.
Knöpfchen auf, laß sie tanzen die Puppe
Voll seine Bäuche.
Das ist mein Mann.
Pariert die und wessen.
Kommt es sich eingeprägt,
deine große bewiesene,
Für- und Fürsorge.

Mannomann

Da stehst du nun da
Mann mit seinem Nicht,
Deine Träume, die typisch männlich
Dein Horoskop steht eingeholt
Deine Frauen und ihre
Zu oft variiert deine Witze,
Leistungsstark (immer noch).

und im Anzug da
Mann.
pünktlich warm sind alle gefilmt
und in Reihe gebracht.
und vermessen gebracht.
Vorstehen ermüden den Spielplan
Sondern Fri wam schweigt.
hebt deine Wache sich auf

Mannomann

Sag nochmal ich.
Hab nochmal recht.
Steh oder fall noch

Mach nochmal stark. Blick nochmal durch.
Schweig nochmal tief.
ein einziges Mal.

Du mußt mich aufräumen Mann; laß alles liegen.
Du bist noch deinen Gesetzen verbraucht,
entgegen uns deines Gesichtes in die
und mir das Strichelkind spielen.
darf noch ein Weilchen mit Bauklötzen spielen.
Was, Mannomann
wird deine Frau dazu sagen?

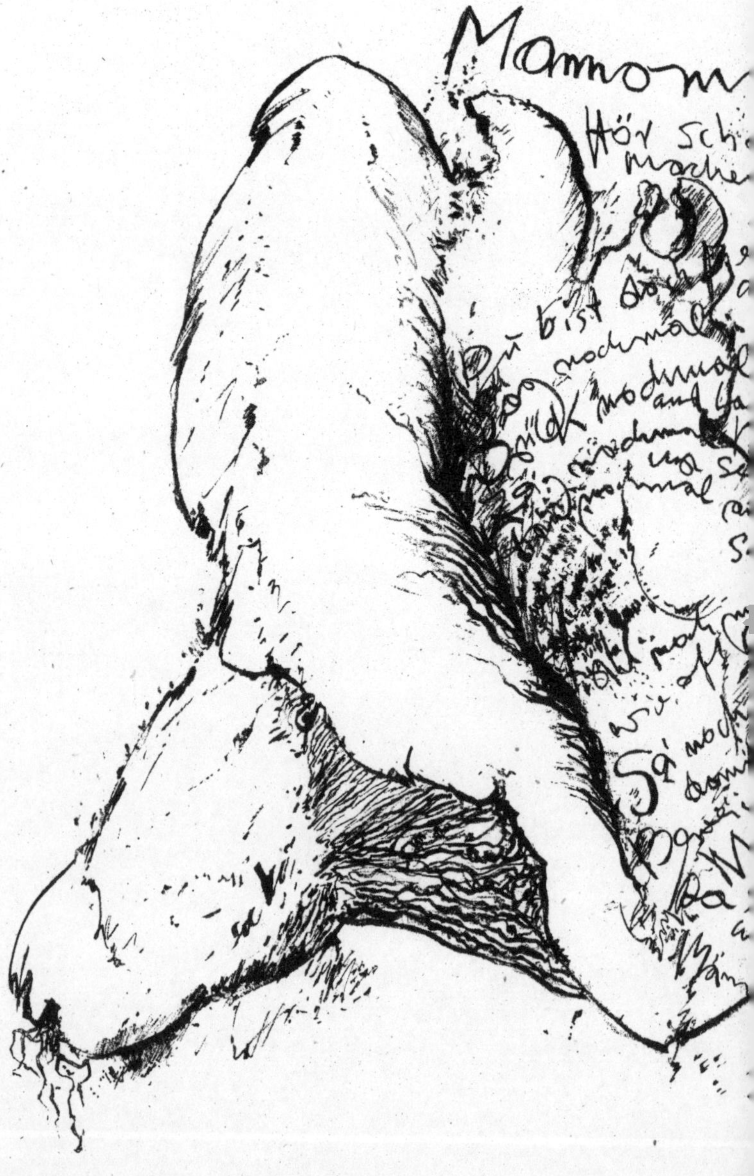

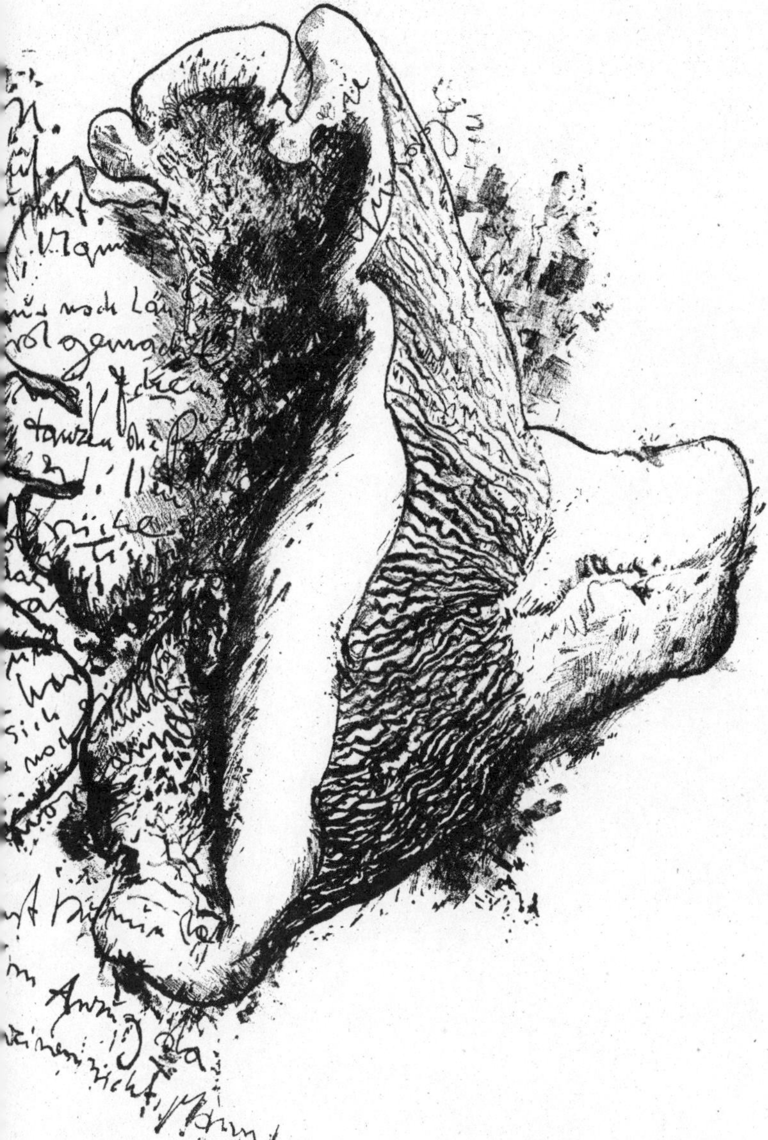

Nachwort

Als Günter Grass in den siebziger Jahren durch die von Jahr zu Jahr zunehmende Zahl von Ausstellungen seines zeichnerischen und grafischen Œuvres einer breiteren Öffentlichkeit als bildender Künstler bekannt wurde, war er im Bewußtsein eben dieser Öffentlichkeit vor allem als Verfasser der weltweit erfolgreichen ›Danziger Trilogie‹ als Epiker fest etabliert. Man wußte zwar, daß er seine Buchumschläge und -einbände selbst zu entwerfen pflegte, und Kennern waren auch die in den Gedichtbänden ›Die Vorzüge der Windhühner‹ (1956), ›Gleisdreieck‹ (1960) und ›Ausgefragt‹ (1967) reproduzierten Zeichnungen geläufig; aber all das ließ ihn als Schriftsteller erscheinen, der auch zeichnet, radiert und lithographiert.

Grass selbst setzt in dieser Frage die Akzente anders, in der Frühzeit sogar extrem. Bis heute betont er immer wieder, daß er von Haus aus bildender Künstler ist, der nach einer zum Bildhauerstudium hinführenden zweijährigen Steinmetzlehre die Technik der Bildhauerei und der Grafik an der Düsseldorfer Akademie bei den Professoren Sepp Mages und Otto Pankok lernte und an der Berliner Hochschule für Bildende Künste Meisterschüler von Karl Hartung war. Als Schriftsteller bezeichnet er sich ebenso beharrlich immer wieder als Autodidakten. Dies mag etwas verwundern, da es in der deutschen Tradition, sieht man vom Johannes-R.-Becher-Institut der DDR ab, keine Schule des Schreibens gibt. Grass meint aber etwas viel Fundamentaleres: Mit der Einberufung als Flakhelfer mit fünfzehn Jahren endete für ihn der regelmäßige Schulunterricht und damit die systematische Einübung in all die Kulturtechniken, die sein kleinbürgerliches Elternhaus ihm nicht vermitteln konnte. »Dumm wie mich der Krieg entlassen hatte«, wie er selbst in den ›Kopfgeburten‹ drastisch formulert, mußte er sich in der Folgezeit dies alles selbst aneignen, während er in der bildenden Kunst systematisch geschult wurde.

Grass, der seit seinem dreizehnten oder vierzehnten Lebensjahr Maler, Bildhauer oder Bühnenbildner werden wollte, ist von der bildenden Kunst her zur Literatur gekommen, wie viele Große aus der ersten Hälfte des Jahrhunderts, etwa Kokoschka, Kubin, Barlach oder Hans Arp. Grass selbst hat das untrennbare Ineinander von zeichnerischem und sprachlichem Bild betont, das sein Gesamtwerk prägt, und verweist auch sonst immer wieder darauf, daß beides, Zeichnen wie Schreiben, für ihn ein untrennbares In-, Mit- und Gegeneinander darstellt: »Gerade bei den Gedichten wird das deutlich, daß [...] innerhalb einer solchen Reihe auch der zeichnerische Prozeß mitspielt, daß oft am Anfang des Gedichts die Zeichnung steht und sich aus der Zeichnung der erste Wortansatz ergibt oder umgekehrt.« Grass spricht geradezu davon, daß »eine Skizze, eine Zeichnung nicht zu Ende kommt, sondern weitergeschrieben wird«, daß umgekehrt »die geschriebene Metapher« von ihm »zeichnerisch überprüft« wird. »Und so sind für mich beide Disziplinen [...] eben Disziplinen, die einander korrigieren, die einander auch ins Wort fallen, die sich ergänzen oder abstoßen.« »Ein schreibender Zeichner ist jemand, der die Tinte nicht wechselt.« Zugleich bereiten solche Sprach- wie Zeichnungsskizzen die epischen Großwerke vor: »Alles, was ich bisher geschrieben habe, ist aus lyrischen Momenten entstanden, gelegentlich [...] mit Ausweitungen bis zu siebenhundert Seiten«, bekennt Grass 1971 in einem Gespräch.

Ein besonders charakteristisches Beispiel für diese Arbeitsweise ist das 1976 als Mappe und 1987 als Buch erschienene Werk ›Mit Sophie in die Pilze gegangen‹. Die Technik der Lithographie, mit der Grass 1975 zu experimentieren begonnen hatte, erlaubt stärker als andere grafische Verfahren die Integration von Schrift und Bild: Bei Radierung, Kupferstich und Holzschnitt müssen Wörter spiegelverkehrt auf die Platte geschrieben werden, um im Druck dann seitenrichtig zu erscheinen. Bei der Lithographie ist es möglich, seitenrichtig auf sogenanntes »Umdruckpapier« zu schreiben und zu zeichnen, von dem es seitenverkehrt auf den Druckstein gebracht werden kann, um im Druck dann wieder seitenrichtig zu erscheinen. Seit 1972 bereiten Grafiken und Gedichte das 1977 erscheinende epische Großwerk ›Der Butt‹ vor; die Sophie-Mappe ist das eindrucksvollste Zeugnis aus diesem Umfeld, bei dem der schreibende Zeichner Grass die Lithographenkreide nicht zu wechseln brauchte.

Im historischen Kontext des sechsten Monats um die Köchin Sophie Rotzoll angesiedelt – »das war, als Napoleon nach Rußland zog« –, gestalten die neun grafisch aufgelösten und in Zeichnungen integrierten oder aus Zeichnungen erwachsenden Gedichte zentrale Aspekte des ›Butt‹. Die durchgehend das Werk dominierenden phallischen und vaginalen Pilze verbinden die alle »Zeitweilen« des unsterblichen Ich-Erzählers in dreitausend Jahren beherrschenden Themen »Sexualität« und »Essen«. Schon im Volksmund erscheinen beide im Pilz als verbunden: »Erst ging'se in die Pilze, /nun stillt'se. / Sch...pilze.« Ein reizvoller Kontrast ergibt sich daraus, daß die erfolgreiche Pilzsammlerin Sophie als einzige der neun bis elf Köchinnen und Partnerinnen des Helden Jungfrau bleibt, da sie ihrem Verlobten Bartholdy, der wegen eines Revolutionsversuchs in Danzig sein Leben im Kerker verschmachtet, die Treue hält. Der Pilz wird ihr so zum Lebens- und Liebesersatz, und als Sophie sich an dem ihr vergeblich nachstellenden französischen Gouverneur rächen will, versucht sie ihn mit Pilzen zu vergiften.

Gleich das erste Gedicht ›Zum Fürchten‹ schlägt das den ›Butt‹ dominierende Thema der Märchen und ihres Ortes, des Waldes, an. Wie man sich im Wald glücklich verlaufen kann, so auch im Märchen; es ist für Grass – durchaus in der Tradition der Romantik, zu deren Zeit das Sophie-Kapitel spielt – eine Gegenkraft in einer allzu platt rationalen Welt. Dem »Verlieren« des klareren Gesichtssinns und dem Zurückgeworfensein auf das Tasten, das »Gefühl«, korrespondiert dabei das traumsichere, glückhafte Finden.

Im Gedicht ›Federn blasen‹ identifiziert die damit verbundene Zeichnung das lyrische Ich mit dem Autor: Dem einzeln vorangesetzten Titel ist eine Feder beigegeben, mit der Grass gleichermaßen schreibt und zeichnet. Kunst und Literatur vermögen wie die Märchen »den Flaum, Wünsche, das Glück« im Reich der Phantasie in der Schwebe zu halten und so zur von der Macht verwalteten Wirklichkeit eine Gegenwelt aufzubauen. Diesen Traum einer besseren und gerechteren Welt hat Grass' Freund Willy Brandt von Jugend auf geträumt. Verfolgung, Exil und Diffamierung haben ihn davon nicht abbringen können. Nun, da er am 6. Mai 1974 zurückgetreten ist, ist die Welt kälter, realistischer und ärmer geworden, die »Federn [...] ermatten. Zufällig liegen sie, wie gewöhnlich«, und der nur noch pragmatisch verwalteten Macht wird »kein Traum« mehr »tanzen«.

Das dritte Gedicht gestaltet das Thema, das für das Schreiben des ›Butt‹, der 1972 in ›Aus dem Tagebuch einer Schnecke‹ als »erzählerisches Kochbuch« angekündigt war, zum Auslöser wurde: die forcierten Emanzipationsbemühungen der neuen Partnerin, mit der sich Grass nach dem Scheitern der ersten Ehe 1972 nach Wewelsfleth zurückgezogen hatte. Jetzt erst wird dem männlichen Ich bewußt, daß das, was er für naturgegeben hielt, »Rollen« und uralte Klischees sind: die Frau ein vegetatives »Sein«, der Mann ein bewußtes »Werden«, sie für das warme Essen, er für die kühlen Getränke zuständig. Doch der »Flaschengeist«, den es hier kühlzuhalten gilt, ist zugleich der »Geist aus der Flasche«, der männlich konzipierte »Weltgeist«, der den Männern längst entglitten ist und nur noch Unheil anrichtet. Männer wagen »auswärts« ihre »ganz große Sache«, während die Frau »zuhaus« »für Frieden« sorgt. Es ist das Klischee von der treusorgenden Frau, die hinter jedem erfolgreichen Mann steht, ihm die Leiter hält, auf der er höher und höher steigt, die seine Wunden, wie er sie sich im »männlichen« Kampf »draußen« unweigerlich zuzieht, »heilheil macht« und zudem jederzeit als Sexualobjekt verfügbar ist, wenn auch bisweilen etwas zickig und »flennend«. Das alles wird nun »ganz anders fremd anders«, wenn »sie innerlich umschult« und, wie die Männer einst in grauer Vorzeit, »sich bewußt wird«. Selbst die traditionelle Höflichkeitsgeste des Feuergebens wird da zur potentiellen Beleidigung. So wird ›Der Butt‹ auch zu einem Buch über die Frauenbewegung oder besser gesagt zum Roman über die Schwierigkeiten eines konservativen Mannes mit der Emanzipation der Frau.

Strukturiert wird dieses Buch durch die neun Monate einer Schwangerschaft: Als die Beziehung bereits in eine Krise geraten ist, zeugen die beiden ein Kind, und der Zeugungsakt im Oktober 1973 und die Geburt der Tochter Helene im Sommer 1974 bilden die Eckdaten der Erzählung, die einzelnen Monate ihre Großkapitel. Das Gedicht ›Was Vater sah‹ erzählt von der Geburt, und die zugehörige Zeichnung gestaltet in dem Mädchen, das einer Pilz-Vagina entfällt, unsere »Geworfenheit« in diese Welt, wie sie schon Oskar zu Beginn seiner Autobiographie in der ›Blechtrommel‹ beklagte. Zu Freude und Leid werden wir geboren – »Halleluja« – »Verzeih uns deine Geburt«. ›Helene Migräne‹ gestaltet die Krankheit des Titels als typisches Leiden von Frauen – ein ohnmächtiges Leiden an der von Männern verwalteten Welt, wie das Gesamt des ›Butt‹ deutlich macht: »Man sagt, es lege sich innen,/noch tiefer innen was quer.«

Das Gedicht ›Kot gereimt‹ entfällt in der grafischen Fassung förmlich einem After: »Alle Gedichte, die wahrsagen/und den Tod reimen,/sind Kot, der aus hartem Leib fiel«. Zu einem Buch über das Essen gehört auch das meist tabuisierte Thema Verdauung und Kot, und bereits im drastischen »ausgeschissen« des Volksmunds wird die Vergänglichkeit unserer Nahrung mit unserer eigenen zusammengesehen. ›Torso weiblich‹ bündelt die politischen Ereignisse, die während des Erzählens 1973 und 1974 stattfinden, und läßt so den politisch engagierten Autor zu Wort kommen. Wie Grass 1965 eine Wahlrede mit dem Walt-Whitman-Zitat »Dich singe ich, Demokratie« überschrieb, besingt er jetzt selbst die Demokratie, die, immer bruchstückhaft, immer Torso, immer brüchig, uns zu Ausbau und Ergänzung anvertraut ist und trotz aller Mängel als die menschlichste – weil weiblichste – Form des Miteinanders bei aller ständigen Gefährdung durch männliche Manipulationen wie das Obristenregime in Griechenland oder den Watergate-Skandal in den USA letztlich unbesiegbar ist.

Die beiden letzten Gedichte gelten dem wichtigsten Thema des ›Butt‹: Gemäß der Fiktion des Romans soll Philipp Otto Runge einst für die Brüder Grimm das Märchen vom wünscheerfüllenden Plattfisch in zwei Versionen aufgeschrieben haben. In der einen ist der Mann unersättlich bis zum Größenwahn, in der anderen die Frau. Die erste Version wurde von den Romantikern bewußt vernichtet, und nur die frauenfeindliche überlebte. ›Der Butt‹ wird so zur Rekonstruktion der ersten Fassung, und dreitausend Jahre von Männern gemachter Geschichte erscheinen als Panorama sinnloser Grausamkeiten. Obwohl die Männer sich einst, beraten vom Butt, gewaltsam vom Matriarchat emanzipiert haben, sind sie doch im Grunde das schwächere Geschlecht geblieben und haben ihre Defizite immer nur durch Gewalt ausgleichen wollen, Gewalt gegen die Frauen, Gewalt gegen »andere«, Gewalt gegen die sie beherbergende Erde. Jetzt hocken sie ratlos auf den Trümmerhaufen von Umwelt und Geschichte und sehnen sich nach der Mutterbrust, von der ihre Unrast und ihr verhängnisvoller Tatendrang endlich wortwörtlich ›Gestillt‹ wird. Die skripturale Fassung weist die regressive Sehnsucht nach der Mutterbrust als Sehnsucht nach Rückkehr in den Mutterleib aus – Oskars einzige Utopie in der ›Blechtrommel‹. Das Gedicht ›Mannomann‹ häuft noch einmal rückblickend wie in Herbert Grönemeyers ›Männer‹-Lied alle Klischees, wie sie bislang den Männern als Gerüst und Korsett gedient haben und mit denen sie sich und die Welt ruiniert haben: Wind machen, Knöpfchen drücken, auf den Tisch hauen, scharf denken, durchblicken, recht haben, tief schweigen, in aussichtslosen Kämpfen stehen oder fallen. In der Zeichnung ist der Mann zum Strichmännchen geschrumpft, fast auf sein übergroßes

Geschlechtsteil reduziert: »Leistungsstark (immer noch)/ hebt deine Macht sich auf.« In der letzten Zeichnung sind die Zeilen wie eingeklemmt zwischen zwei riesigen Pilz-Vaginas – Mutter Erde, die uns hervorbringt und wieder verschlingt?

Essen und Sexualität, Märchen und Dichtung und Phantasie, die Geschlechterrollen, die Geburt eines Kindes, männliche Politik und Geschichte und ihr universelles Scheitern – die Themen eines weltumspannenden Romans erscheinen in ›Mit Sophie in die Pilze gegangen‹ im Keim, der sich auf siebenhundert Seiten auswachsen wird. So erlaubt uns das Bändchen den Blick in die Werkstatt eines Epikers, der seine Wurzeln in der Lyrik und der Grafik hat.

Volker Neuhaus